La oruga verde

cuento recogido por las escuelas Waldorf
Sally Cutting

ING EDICIONS

Una oruga verde y redonda chapotea
en el rocío de la mañana.
Bocado tras bocado, prueba un
poquito de aquí y un poquito de allá,
pétalos de flores y briznas de hierba.

Una oruga verde y redonda chapotea
en el rocío de la mañana.
Volando, volando, se le acerca
un insecto de color amarillo:
¡Cielos! ¡Es una mariposa!

La oruga verde y redonda levanta la cabeza
y dice:

- Hermosa mariposa, ¿querrías jugar conmigo?
- ¡Imposible, imposible! Llevo mucha prisa.
Quiero llegar al bosque que aún queda
lejos de aquí. Estoy impaciente por oler el
aroma que las flores esparcen por doquier.
¡Adiós, adiós!

¡Qué sola…, qué triste se quedó la oruga verde
y redonda! Volando, volando, se le acerca otro
insecto de color rosa: ¡Es otra mariposa!
La oruga verde y redonda levanta la cabeza y dice
- Hermosa mariposa, ¿querrías jugar conmigo?
- ¡Imposible, imposible! Llevo mucha prisa.
Quiero llegar al bosque que aún queda lejos de
aquí. Estoy impaciente por oler el aroma
que las flores esparcen por doquier.
¡Adiós, adiós!

¡Qué sola…, qué triste se quedó la oruga verde y redonda! Volando, volando, se le acerca otro insecto de color naranja: ¡Es otra mariposa! La oruga verde y redonda levanta la cabeza y dice:

- Hermosa mariposa, ¿querrías jugar conmigo?

- ¡Imposible, imposible! Llevo mucha prisa. Quiero llegar al bosque que aún queda lejos de aquí. Estoy impaciente por oler el aroma que las flores esparcen por doquier. ¡Adiós, adiós!

¡Qué sola…, qué triste se quedó la oruga verde y redonda! Tan triste, tan triste, que ya no desea ver el cielo, ni las flores, ni sentir sus fragancias.

La oruga verde y redonda , para esconderse de las miradas, teje un hilo de seda muy fino y se envuelve con él para que nadie la vea. Teje y teje hasta encerrarse en su casita de seda.

Hay un cielo limpio y claro y el viento mece
ligeramente la hierba. Pero la oruga no lo ve.
Ella esta tranquilamente encerrada
en su capullo soñando.

Cae la lluvia lentamente y las gotas
de agua dicen:
  - ¡Vayamos a despertar a la oruga!
¡Llamemos a su puerta!

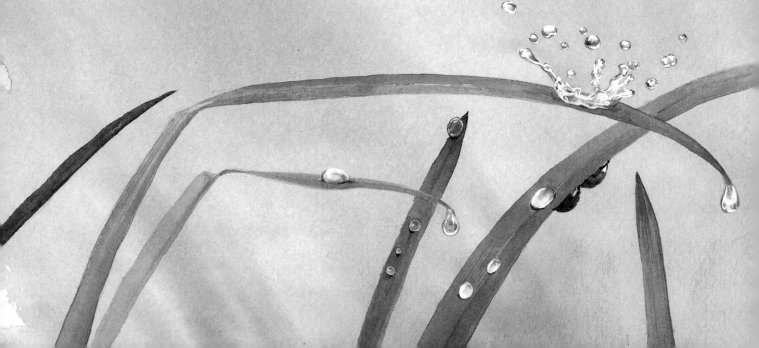

¡Oh! ¿Qué es esto? ¿Quién sale de su lecho de seda? ¿Quién sale de su capullo? No es la oruga verde y redonda.

Es una hermosa mariposa de mil colores que revolotea y se posa en una flor.

¡Mirad! ¡Mirad quién llega! Son sus amigas,
las mariposas: la amarilla, la rosa y la naranja.
Juntas volarán entre las flores, gozando de
sus colores y oliendo sus perfumes.
Y en el aire se perciben sus múltiples fragancias.

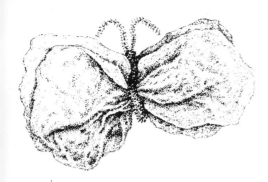

Móvil de mariposas

Material:

- 2 papeles de seda de colores vivos de 7 cm x 13 cm
- limpiapipas de 12 a 15 cm de largo
- sedal o hilo de algodón
- rama fina y seca

Elaboración:

1. Sobre una superficie plana recortaremos dos papeles de seda a la medida indicada más arriba, mejor si se utilizan dos colores distintos.
2. Recortaremos las puntas de los rectángulos de papel de seda con las tijeras, de manera que quede una forma redondeada.
3. Cuando los papeles de seda estén recortados, arrugaremos por el medio el rectángulo por el lado más ancho, creando un centro.
4. Doblaremos el limpiapipas por la mitad y envolveremos el centro con papel de seda, para formar el cuerpo de la mariposa.
5. Enrollaremos las dos mitades y dejaremos las puntas libres para que aparezcan las antenas de la mariposa.
6. Cuando la forma de la mariposa esté acabada ataremos un hilo de unos 40 cm de largo en el centro del cuerpo (es decir en el limpiapipas) y haremos un nudo doble a una de las puntas del hilo.
7. Levantaremos el hilo y la mariposa quedará colgando. Tendremos que comprobar que quede lo más horizontal posible para dar la impresión de que vuela. Moviendo el nudo de lugar se podrá equilibrar.
8. Haremos cuatro o cinco mariposas siguiendo las mismas indicaciones.
9. Utilizaremos una rama seca para colgar las mariposas. Después, con el sedal, las colgaremos del techo.

Poema con juego de dedos

Una pequeña oruga verde
come hierba bien fresca;
teje y teje el gusano de seda
y dentro envuelta queda.
Duerme, duerme y descansa
hasta que un buen día
abre una puertecita,
saca primero las antenas,
después las patitas
y extiende las alas coloreadas.
El sol con su luz la acaricia,
que para ella es una delicia,
y bien pronto se pone a volar.

LA ORUGA VERDE

© ING EDICIONS
Av. Josep Tarradellas, 118, 1r B
08029 Barcelona
Tel. 93-4195959 • Fax 93-4197705
ing@ingedicions.com
www.ingedicions.com

© ING EDICIONS
© Ilustraciones Sally Cutting
Texto recogido por las escuelas Waldorf
Traducción: Ignasi Roda
Asesora de la colección: Àuria G. Galcerán
Corrección: Cristina Giner
Preimpresión: Joan Moreno
Todos los derechos reservados para la edición castellana
1ª Edición: 2007
ISBN 978- 84-89825-37-8